Les héros de ma classe

Catalogage avant publication de Bibliothèque et Archives nationales
du Québec et Bibliothèque et Archives Canada

Boisvert, Jocelyn, 1974-

   La folle envie de Jérémie

   (Les héros de ma classe ; 1)
   Pour enfants de 8 ans et plus.

   ISBN 978-2-89591-290-3

   I. Germain, Philippe, 1963-   . II. Titre.

PS8553.O467F64 2017   jC843'.54   C2016-941900-2
PS9553.O467F64 2017

Tous droits réservés
Dépôts légaux : 1er trimestre 2017
Bibliothèque nationale du Québec
Bibliothèque nationale du Canada
ISBN 978-2-89591-290-3

Illustrations : Philippe Germain
Mise en pages : Amélie Côté
Correction et révision : Bla bla rédaction

© 2017 Les éditions FouLire inc.
4339, rue des Bécassines
Québec (Québec) G1G 1V5
CANADA
Téléphone : 418 628-4029
Sans frais depuis l'Amérique du Nord : 1 877 628-4029
Télécopie : 418 628-4801
info@foulire.com

Les éditions FouLire reconnaissent l'aide financière du gouvernement du Canada
pour leurs activités d'édition.

Elles remercient la Société de développement des entreprises culturelles
du Québec (SODEC) pour son aide à l'édition et à la promotion.

Elles remercient également le Conseil des arts du Canada de l'aide accordée à
leur programme de publication.

Gouvernement du Québec – Programme de crédit d'impôt pour l'édition de livres –
gestion SODEC

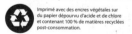

Imprimé avec des encres végétales sur
du papier dépourvu d'acide et de chlore
et contenant 100 % de matières recyclées
post-consommation.

Canadä

IMPRIMÉ AU CANADA/PRINTED IN CANADA

LES HÉROS DE MA CLASSE

Jocelyn Boisvert

LA folle envie de Jérémie

Illustrateur : Philippe Germain

ÉDITIONS
FouLire

Tu t'appelles Jérémie Trempe-Côté.

Ta passion : le sport. Tu en fais, tu en rêves, tu en manges… Pas étonnant que tu veuilles devenir un athlète professionnel plus tard !

Mais en attendant, tu dois aller à l'école. Et à l'école, le moment que tu préfères, c'est la récréation. Les parties de soccer durant la récré, c'est sacré !

Alors, quand la cloche sonne, tu files comme une flèche dans la cour d'école, prêt à disputer le match de ta vie.

Prêt? Euh... en vérité, tu es indisposé par une grosse... une énorme... une gigantesque envie de pipi.

Oh! comme tu regrettes de ne pas être allé aux toilettes!

Tu avais si hâte de jouer et de compter plein de buts que tu ne t'es pas aperçu que ta vessie était sur le point de déborder.

Bien sûr, la décision la plus sage serait d'aller au petit coin sans plus attendre, mais d'un autre côté, tu ne veux pas rater le début de la partie. Hmm, te voilà bien embêté!

Comment résoudras-tu ce terrible dilemme? Cinq choix se présentent à toi:

A) La question ne se pose pas. Ce serait idiot de prendre le risque de mouiller ton pantalon. Tu te précipites donc aux toilettes avant qu'il ne soit trop tard. Vite! vite! Pique un sprint jusqu'au **2**.

B) Tu te retiens. Après tout, tu n'es plus un bébé! Si tu crois que tu es capable de te retenir pendant encore 15 minutes, rends-toi au **3**.

C) Pour soulager ton envie, tu laisses quelques gouttes s'échapper en te disant que ça ne paraîtra pas. Si tu penses *vraiment* que c'est une solution envisageable, va au **4**. Et bonne chance!

D) Tu es de plus en plus convaincu que tout cela n'est qu'un rêve. Si tu choisis de te pincer dans l'espoir de te réveiller dans ton lit, rends-toi au **5**.

E) Tu demandes à Camille, qui regarde la partie, de te donner une ou deux gorgées de son jus en boîte. Question de montrer à ta vessie que c'est toi qui commandes, et non l'inverse. Voilà qui est très audacieux! Si tu te sens invincible à ce point, va au **6**.

2

En t'éloignant du terrain de jeu, tu entends :

– Pourquoi tu pars, Jérémie ? T'as peur de perdre ? Je ne savais pas que t'étais une poule mouillée !

Grégory, un joueur de l'équipe adverse, te met au défi de revenir au jeu. « Cot cot ! » Il imite le cri de la poule pour amuser ses camarades.

Argh ! Tu as l'impression d'être le dindon de la farce et tu détestes ça.

Comment réagis-tu ?

A) Le commentaire de Grégory a piqué ton orgueil. Pour montrer à tous que tu n'es pas une poule mouillée, tu fais ton coq en revenant sur le terrain avec un air de conquérant. C'est au **7** que ça se passe.

B) Il vaut mieux que tu te laisses traiter de poule mouillée plutôt que de mouiller ton pantalon. La direction des toilettes, c'est au **8**.

3

Au début, ça va. Tu te débrouilles bien sur le terrain. Tu passes même à un cheveu de marquer un but.

Mais très vite, ton envie prend des proportions de plus en plus inquiétantes. Au point où tu commences à avoir du mal à courir. Tu dois garder les cuisses serrées pour éviter toute fuite mal venue.

Les autres joueurs te dépassent comme si tu étais un pépé disputant une partie de soccer avec une marchette. Tes coéquipiers ne sont pas aveugles, ils voient bien que tu n'es pas au sommet de ta forme.

– Je te sens tendu, Jérémie, te fait remarquer Damien. Ça va ?

– Numéro un ! réponds-tu en dressant le pouce.

Oh ! oh ! Une goutte s'est échappée. Et les autres ne tarderont pas à suivre si tu ne fais rien !

Le problème, c'est qu'à la vitesse à laquelle tu te déplaces, il n'y a aucune chance que tu puisses te rendre à temps à la salle de bains.

Alors, quel sera ton plan de match ?

A) Appeler une ambulance. Le téléphone se trouve au **9**.

B) Pincer ton zizi à deux mains pour l'empêcher de se transformer en boyau d'arrosage. Voilà une mesure extrême que tu pourras effectuer au **10**.

C) Faire de la téléportation et te retrouver comme par magie aux toilettes. Un choix audacieux, je dois te prévenir. Tourne les pages et téléporte-toi au **11**.

4

Faire *juste un peu* pipi n'est pas une tâche facile! Évidemment, c'est un échec.

Malheur à toi! Ce ne sont pas quelques petites gouttes qui s'échappent, mais un jet abondant que tu es incapable d'arrêter.

Mais quelle mauvaise idée tu as eue! À l'avenir, tu devras faire un meilleur usage de ta matière grise.

Tes camarades se demandent pourquoi tu as soudainement cessé de jouer.

Quand ils remarqueront le cercle foncé sur ton pantalon, ils vont se moquer, c'est sûr. À ton âge, on ne fait pas pipi au lit, encore moins dans son pantalon, et SURTOUT PAS à l'école!

Ton honneur est en péril. Comment gères-tu cette situation on ne peut plus compromettante?

A) Tu te sauves à la course jusqu'au **12**.

B) Tant qu'à avoir les vêtements humides, tu termines la besogne. Tu es le genre de gars qui aime finir ce qu'il a commencé. Tu peux donc soulager ta vessie au **13**.

C) Après le pantalon, c'est ton visage que tu mouilles... de larmes. Va au **14** te vider le cœur.

Aïe !

Tu t'es pincé trop fort. Mais la douleur n'est rien à côté de ta déception d'être encore à l'école, aux prises avec cette énorme envie de pipi.

Ton temps est compté. Il est de plus en plus urgent de trouver une solution.

Retourne au début du livre et, cette fois, tâche de choisir une meilleure option !

6

Tu crois vraiment que je vais te laisser boire du jus alors que tu as une des plus grosses envies de ta vie? Sois sérieux, Jérémie, sinon ta réputation sera entachée (et ton pantalon aussi!).

Comme je suis un auteur généreux, je te permets de recommencer.

Retour à la case départ, mon cher!

7

Personne ne peut traiter un joueur comme toi de poule mouillée sans recevoir une bonne leçon!

Pour ce qui est de ton envie, eh bien, on dirait qu'elle est moins pressante tout à coup. Après tout, c'est ta réputation de sportif qui est en jeu!

Sans perdre une seconde de plus, tu sautes sur le terrain, prêt à en découdre avec Grégory et son équipe. C'est justement lui qui est en possession du ballon. D'un jeu de jambes habile, il déjoue un joueur, puis un autre, avant de décocher un puissant tir au but.

En bloquant le tir, tu reçois le ballon en plein dans le ventre. Comme le dit l'expression, c'est la goutte qui fait déborder le vase. Je dis « la goutte », mais je devrais plutôt dire « les gouttes » !

Ton caleçon est devenu si humide que tu as l'impression d'être dans un maillot de bain. Si tu ne te rends pas TOUT DE SUITE aux toilettes, les autres joueurs verront apparaître une trace douteuse sur ton pantalon.

Que décides-tu ?

A) Tu déguerpis avant que la situation ne s'aggrave. Dépêche-toi d'aller au **18**.

B) Bah, au point où tu en es, aussi bien te soulager une bonne fois pour toutes, non ? Fais-toi plaisir et va au **13**.

8

Tu fonces en direction de l'entrée des élèves avec une démarche de pingouin à moitié congelé.

Oh là là! Tu crains de ne pas arriver à temps. Plus tu te rapproches de ton objectif, plus ton envie se fait pressante.

C'est une question de secondes avant le grand déluge!

Alors que tu viens pour ouvrir la porte, un des surveillants surgit de nulle part.

– On peut savoir où tu vas comme ça, Jérémie Trempe-Côté ? s'informe monsieur Stanley d'un air sévère.

Argh ! Tu parles d'un mauvais moment pour subir un interrogatoire !

A) Lui expliques-tu très, très rapidement ta situation dans l'espoir qu'il te laisse passer ? Si oui, dégourdis-toi bien la langue et rends-toi au **19**.

B) Si tu préfères l'ignorer, faire comme s'il n'était pas là, c'est au **20** que tu dois aller.

9

Une ambulance ?! Mais pour quoi faire ? Pour qu'un infirmier t'apporte un pantalon propre ?

Je constate que tu ne prends pas cette histoire assez au sérieux.

Retourne au **3** et, par pitié, essaie de trouver une solution plus sensée !

10

Te pincer le zizi, d'accord, mais pas devant tes camarades ni au milieu de la cour de récré !

Tu te réfugies derrière la benne à ordures en bondissant comme un lapin blessé. On ne peut pas dire que tu as l'air d'un grand sportif en ce moment !

Une fois à l'abri des regards, tu presses ton entrejambe avec les deux mains, en suppliant ta vessie de ne pas flancher.

Arrive alors Camille, une fille de ta classe, qui fait d'horribles bruits de succion en buvant un jus de pomme en boîte.

– Salut, Jérémie! Qu'est-ce que tu fais tout seul à côté des poubelles? T'es en pénitence?

– Non, je... réfléchissais aux conditions de vie des enfants du tiers-monde. Savais-tu que certains d'entre eux n'ont même pas accès à des toilettes?

Le mot *toilettes* sonne l'alarme. C'est une chose que de faire pipi dans ses culottes, c'en est une autre de se laisser aller devant une fille aussi adorable que Camille!

Que fais-tu ?

A) Tu inventes un prétexte pour prendre congé de ton amie. C'est au **41** que ça se passe.

B) Par courtoisie, tu continues de lui faire la conversation. Tu as donc rendez-vous au **42**.

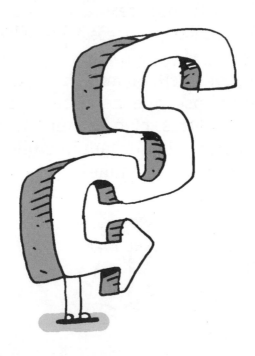

11

C'est le moment ou jamais de savoir si tu possèdes des pouvoirs magiques. (Mais si c'était le cas, ne vaudrait-il pas mieux faire disparaître ton envie de pipi plutöt que de te faire apparaître devant un urinoir ? Peu importe, tu es trop pressé pour réfléchir à ça maintenant !)

Tu fermes les yeux, puis tu te concentres le plus fort que tu peux.

Au bout de 20 secondes d'effort mental, tu constates avec regret que tes pieds n'ont pas bougé.

Bien sûr qu'ils n'ont pas bougé! Pour qui tu te prends? Harry Potter?

Avec tout ça, tu as perdu un temps précieux. Dépêche-toi de retourner au **3** pour choisir une autre option!

12

En effet, tu ne peux pas rester planté là comme un piquet en attendant que quelqu'un remarque le fâcheux «accident» dont tu viens d'être victime.

Tu prends tes jambes à ton cou.

Une fois rentré dans l'école, tu vas là où tu aurais dû aller dès le début de la récréation, ce lieu merveilleux qui s'appelle les toilettes. Elles sont situées au **30**.

13

Te retenir comme tu le fais est une torture. Mais c'est du passé maintenant, car tu laisses enfin ta vessie se vider.

Ahhhhhhhh! Quel bien-être! Quel soulagement!

Tu es aux anges. Tu as carrément l'impression d'entendre leur chant mélodieux résonner dans la cour d'école.

En réalité, ce sont les rires de tes compagnons qui résonnent autour de toi. Certains sont amusés, d'autres sont incrédules, mais tous ont les yeux rivés sur le cercle immonde qui souille ton pantalon.

Quelle est ta réaction?

A) D'un air décontracté, tu dis: «Ben quoi? Ça peut arriver à tout le monde, non?» Si tu es capable de rester aussi *cool* dans de telles circonstances, va au **15**.

B) Ne sachant pas comment te sortir de cet affreux cauchemar, tu éclates en sanglots. Pauvre Jérémie! C'est pas ton jour, hein? Si tu crois que pleurer peut te faire du bien, alors noie ton visage de larmes au **14**.

C) Tu inventes une histoire abracadabrante à propos de cette fameuse tache sur ton pantalon. Bonne chance! Pour jouer au menteur, rends-toi au **47**.

14

Non, non et non! Hors de question que tu te mettes à brailler devant autant de spectateurs. Tu as assez perdu la face comme ça! Alors, contrairement à ton pipi, tes larmes, tu les retiens!

Maintenant, comment expliquer à tes camarades la tache immonde sur ton pantalon?

A) Pour une explication un tant soit peu plausible, rends-toi au **16**.

B) Pour une explication plus farfelue, va au **47**.

15

Oh non! Tu n'es pas capable de rester aussi *cool*!

Au moment où tu viens pour ouvrir la bouche, tu te dégonfles.

Si tu avoues sur la place publique que tu as fait pipi dans ton pantalon, ta réputation sera ruinée. *Kapout*! Tu deviendras le sujet de toutes les moqueries. On t'affublera des surnoms les moins flatteurs. Ce sera la fin de ta vie sociale!

Tu dois à tout prix justifier la tache sur ton pantalon.

A) Pour une explication un tant soit peu plausible, rends-toi au **16**.

B) Pour une explication plus farfelue, va au **47**.

16

Tu prends un air mécontent et tu t'exclames :

– Ah! le jus dans ma poche a coulé... Je le savais que ça arriverait!

– Ah ouais! fait Grégory, sceptique. On peut voir l'emballage, s'il vous plaît?

– Je vais d'abord aller me changer, si ça ne te dérange pas. Parce que là, j'ai vraiment l'impression d'avoir pissé dans mes culottes et la sensation n'est pas super agréable, figure-toi!

Sur ce demi-mensonge, tu dégages avant que quelqu'un ne trouve à redire. Et tu files au **17**.

17

Pour quelqu'un qui n'a pas su se retenir, tu t'en tires tout de même à bon compte.

Te voilà à l'intérieur de l'école. Maintenant, tu dois trouver un pantalon propre et faire en sorte que l'incident tombe dans l'oubli. Le hic, c'est que le seul vêtement de rechange que tu possèdes, c'est ton short d'éducation physique.

Bah, c'est mieux que rien !

En ouvrant ton casier, une jolie surprise t'attend : le pantalon de jogging que tu as apporté pour une activité spéciale la semaine dernière et que tu as complètement oublié de ramener à la maison !

Dans ta malchance, on peut dire que tu es chanceux.

Tu attrapes le pantalon providentiel ET ton short (qui te servira de bobettes pour l'occasion) avant de filer aux toilettes te changer.

Tu entres dans une cabine pour en ressortir une minute plus tard avec des vêtements secs autour de la taille. Ô joie !

Pendant un instant, tu te demandes quoi faire avec les vêtements souillés. Si tu les déposes dans ton casier, les mauvaises odeurs risquent d'éveiller les soupçons. Et pourquoi ne pas les mettre directement à la poubelle ? Tu n'auras qu'à les récupérer à la fin des cours.

Ouf! Voilà un problème de réglé!

Mais en classe, une fois assis à ta place habituelle, tu as droit à une très mauvaise surprise. Fabien apparaît dans le cadre de porte en tenant ton pantalon le plus loin possible de son nez.

– Hé! Regardez ça, tout le monde! clame-t-il avec un malicieux sourire.

Le cauchemar se poursuit au **49**.

18

Maintenant que ta vessie a commencé à fuir, il te reste au maximum 30 secondes avant le raz-de-marée qui va déferler dans tes bobettes.

C'est parti! Tu cours comme si ta vie en dépendait.

Tout se passe bien... jusqu'à ce que monsieur Stanley, un surveillant, se place devant la porte pour t'empêcher de rentrer.

– Woh! s'écrie-t-il comme s'il s'adressait à un cheval. Un instant! T'essaies de battre un record de vitesse ou quoi?

A) Comme le temps presse et que ta vessie menace d'éclater d'une seconde à l'autre, tu lui expliques ta situation en parlant le plus rapidement possible. Rends-toi au **21**.

B) Sans dire un mot, tu lui montres le petit cercle foncé sur ton entrejambe en espérant qu'il comprenne par lui-même. Va au **22**.

19

– Monsieur, je dois aller aux toilettes, c'est TRÈS urgent! lui dis-tu sur le même ton que si tu lui annonçais la fin du monde.

– Et pourquoi tu n'y es pas allé avant de sortir?

De toute évidence, monsieur Stanley ne comprend pas bien le sens du mot *urgent*. Si tu mouilles ton pantalon, ce sera sa faute!

Que réponds-tu au surveillant pour le convaincre de te laisser passer?

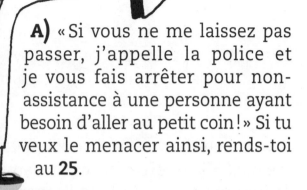

A) « Si vous ne me laissez pas passer, j'appelle la police et je vous fais arrêter pour non-assistance à une personne ayant besoin d'aller au petit coin ! » Si tu veux le menacer ainsi, rends-toi au **25**.

B) « J'aurais dû y aller au début de la récré, c'est clair. Je suis un imbécile de ne pas l'avoir fait. Mais ce n'est pas une raison pour ne pas y aller maintenant, n'est-ce pas ? Et comme je vous ai dit, c'est vraiment hyper-méga-ultra-urgent… » Si tu optes pour ce long monologue, c'est au **26**.

C) « URGENCE PIPI ! URGENCE PIPI ! URGENCE PIPI ! » Si tu veux crier à la façon d'un système d'alarme, fais-le au **27**.

D) «Je meurs d'envie de pipi! Si vous ne me laissez pas passer, vous aurez ma mort sur la conscience, vous m'entendez?» Si tu veux te montrer aussi radical, va au **28**.

E) «Je meurs d'envie de pipi! Si vous me laissez passer, vous me sauverez la vie, littéralement!» Si tu préfères cette version plus positive, va au **29**.

20.

Tu contournes le surveillant comme si c'était un joueur de l'équipe adverse, mais tu te fais agripper par le collet au dernier moment.

– Hé! ho! C'est pas le moment de rentrer. T'as entendu une cloche sonner, toi? dit-il d'une voix glaciale...

... comme le liquide que tu ne peux plus retenir et qui coule à flots dans tes sous-vêtements.

Ô misère! La catastrophe tant redoutée est en train de se produire.

– Jérémie Trempe-Côté, poursuit le surveillant sur un ton autoritaire, tu sais bien que les élèves ne peuvent pas…

Il laisse sa phrase en suspens lorsqu'il constate dans quel état se trouve ton pantalon. Tu crains pendant un instant qu'il pouffe de rire. Mais non, au contraire, il prend l'incident très au sérieux.

Pour écouter ce qu'il souhaite te dire, va au **50**.

21

– J'aiseptsecondespourmerendre-
auxtoilettessinonjevaisdevoir-
changerd'école!

Tu as parlé si vite que le surveillant
n'a pas compris un traître mot.

– Euh... pardon? Tu peux me répéter
ça en langage humain, s'il vous plaît?
répond-il avec un grand sourire.

– Jen'aipasletempsderépétersijele-
faisc'estmonpantalonquivaêtretout-
mouillé.

D'un geste de la main, monsieur Stanley te fait signe de te calmer et de ra-leeen-tiiiiir.

– Respire profondément, puis redis-moi ça dou-ce-ment.

A) Te sens-tu capable de répéter ton explication tout en gardant tes vêtements au sec ? Si oui, va au **23**.

B) Si non, tu es attendu au **24**.

22

Monsieur Stanley observe l'étendue des dommages sur ton pantalon d'un air pensif.

– Il est interdit de courir dans les corridors… mais cette fois-ci, on va faire une exception pour toi. Vite aux toilettes! Cours, Jérémie, cours!

Wow! Tu es surpris qu'un surveillant se montre aussi compréhensif. Tu suis donc son conseil: tu files à toute vitesse aux toilettes.

Rends-toi rapidement au **30**.

23

Tu fais un gros effort pour bien articuler :

– Ça va être la FIN DU MONDE si je ne suis pas aux toilettes dans les DEUX prochaines secondes !

Le surveillant comprend ENFIN pourquoi tu as l'air si pressé et il t'ouvre grand la porte en lançant :

– Dans ce cas… go ! go ! go !

Sans prendre le temps de lui dire merci, tu piques un sprint jusqu'au **30** !

24

Tu n'as plus le choix. Tu ouvres la porte et tu fonces!

Tu t'expliqueras auprès de monsieur Stanley lorsque ton problème de vessie sera réglé.

Pendant que tu piques une course dans le corridor, tu l'entends crier:

– Jérémie Trempe-Côté! Il est INTER-DIT de courir à l'intérieur de l'école!

En te retournant, tu aperçois le surveillant à tes trousses, l'air mauvais. Comme une partie de tag qui tourne au cauchemar!

Dans l'énervement, tu t'emmêles les pieds et te ramasses à plat ventre sur le plancher, sonné et... tout mouillé!

La peur t'a fait perdre ton combat contre ta vessie. Meilleure chance la prochaine fois, comme on dit!

– Tu t'es blessé, Jérémie? s'enquiert le surveillant en t'aidant à te relever.

Il remarque alors la tache grandissante sur ton pantalon.

– C'est pour ça que tu semblais si pressé, comprend-il. Je suis désolé, Jérémie. Tu aurais dû me le dire!

Pour se faire pardonner, monsieur Stanley te promet d'arranger la situation. Il s'occupera de toi au **50**.

25

C'est une réplique que tu as piquée dans une série policière à la télé. Au lieu de se vexer, monsieur Stanley entre dans ton jeu en rétorquant:

– Dans ce cas, je vais me prévaloir de mon droit d'appeler un avocat!

Par politesse, tu ris. Jaune.

Puis, en joignant les mains, tu le pries de te laisser passer. Après une très longue seconde de réflexion, il te fait signe d'y aller.

Te voilà déjà parti.

– Sans courir, Jérémie ! te signale le surveillant. Sinon, la police va te coller une contravention !

Tu ralentis un peu, mais aussitôt que tu disparais de sa vue, tu reprends de la vitesse.

Tu trouveras les toilettes au **30**.

26

– Voyons, Jérémie ! Tu n'es pas un imbécile, te rassure le surveillant d'une voix douce.

Il est attentionné. Il veille sur ton amour-propre, mais tu aurais nette-ment préféré qu'il veille à ce que ton pantalon reste propre.

Et pour la propreté, hélas, c'est trop tard. Tu as parlé trop longtemps. Ta vessie n'a pas tenu le coup. Et elle se vide jusqu'à la dernière goutte. Va au **50** éponger les dégâts.

27

Eh bien, monsieur Stanley n'aime pas qu'on lui crie dans les oreilles.

– Tu vas baisser le ton, mon garçon, dit-il en te regardant avec sévérité. On s'adresse au personnel de l'école avec respect. Ce n'est pas aux toilettes que j'ai le goût de t'envoyer, mais chez la directrice ! Ça va te faire passer ton envie de jouer au dur...

– Je suis... désolé, dis-tu d'un air piteux.

– Ça va pour cette fois, mais ne recommence pas, hein ? Bon, tu peux y aller maintenant...

– Euh... ce n'est plus nécessaire...

Le mal est fait. À ton grand désespoir, un nouveau motif est en train d'apparaître sur ton pantalon.

Le surveillant observe les dégâts d'un air navré. Il ne croyait pas que c'était urgent à ce point-là.

Monsieur Stanley s'occupera de toi et de ton « problème » au **50**.

28

– À ce que je sache, Jérémie Trempe-Côté, personne n'est mort d'avoir eu trop envie de pipi, te répond le surveillant d'un air sévère. Tu sais que le PIRE qui peut arriver, c'est...

Il n'a pas besoin de le dire...

... car c'est en train d'arriver ! Bonjour les dégâts !

Tu n'oses pas regarder monsieur Stanley dans les yeux pendant qu'il pleut à verse dans ton pantalon.

Pour connaître la réaction du surveillant, va au **50**.

29

Tes paroles le font sourire.

Eh bien, ce sera ma bonne action du jour. Allez, dépêche-toi avant qu'il ne soit trop tard! dit-il en te libérant la voie.

Dans le corridor, tu marches d'un bon pas. Puis, tu accélères le rythme. Pour finalement courir de toutes tes forces, comme si tu avais un lion à tes trousses.

Au bout du corridor, tu aperçois Tara qui sort des toilettes des filles. En voyant à quel point tu es pressé, elle décide de te jouer un tour. Elle bloque l'accès à la salle de bains des gars en se servant de ses bras comme barrière.

– Mot de passe! déclare-t-elle avec une voix de robot.

– Tara, ce n'est pas le moment de jouer aux devinettes! lui dis-tu d'un air alarmé.

– Je ne joue pas. C'est très sérieux. C'est madame la directrice elle-même qui m'a confié ce poste. Sans le bon mot de passe, je ne suis pas autorisée à te laisser passer. Désolée, Jérémie. J'exécute les ordres, c'est tout.

En d'autres circonstances, tu la trouverais drôle. Mais là, son petit numéro de soldate bornée ne t'amuse pas beaucoup.

A) Essaies-tu quand même de deviner le mot de passe de Tara ? Si oui, va au **45**.

B) Si tu refuses de participer à son jeu, rends-toi plutôt au **52**.

30

Une fois devant l'urinoir, il ne te reste plus qu'à déboutonner ton pantalon. Mais le problème avec ce satané vêtement, c'est qu'il est serré et que tu as toujours eu du mal à défaire le ?@!&$ de bouton de la ceinture !

Ton envie est devenue archi-limite ! L'urinoir étant juste devant toi, ton cerveau envoie l'autorisation à ta vessie de procéder.

NON ! Tu paniques ! Tes mains tremblent... ce qui ne t'aide pas du tout !

Le barrage va bientôt céder.

3...

Ce sera l'inondation.

2...

Ce serait trop bête d'échouer si près du but!

1...

NOOOOON!

Eh oui, c'est l'averse dans ton pantalon.

Le mieux que tu peux faire, maintenant, c'est de limiter les dégâts en gagnant la bataille contre ce méchant bouton.

Au bout de 10 interminables secondes, tu en viens à bout et tu peux finir de te soulager là où il est d'usage de le faire.

Ahhhhhh! Pendant un moment, tu oublies qu'il y a eu des fuites importantes et tu profites de l'exquise sensation d'apaisement.

C'est ensuite que ça se gâte, lorsque tu évalues l'ampleur des dommages. C'est plus grave que tu le pensais. La zone sinistrée dessine un cercle de la grosseur d'un ballon de soccer. Une tache qui ne passera pas inaperçue!

Tu as fait pipi dans ton pantalon, soit. Mais il est inutile que les autres le sachent, n'est-ce pas? Comment t'y prendras-tu pour dissimuler ce très fâcheux accident?

A) Au **31**, tu passes ton pantalon sous le sèche-mains et tu utilises ton short en guise de caleçon.

B) Tu penses à la loge de l'auditorium où sont entreposés les costumes de théâtre. Peut-être y trouveras-tu un pantalon de rechange ? Si tu crois que oui, va au **32**.

C) Tu fouilles dans les casiers de tes camarades à la recherche d'un pantalon sec. Les recherches ont lieu au **33**.

D) Ton cas est désespéré. Tu quittes donc l'école. Une fois dehors, tu trouveras bien une histoire à raconter à tes parents. L'école buissonnière, c'est au **34**.

31

Après être allé chercher ton short d'éducation physique dans ton casier, tu t'enfermes dans une cabine de la salle de bains pour te départir de tes vêtements souillés. Une fois le short enfilé, tu te sens déjà mieux dans ta peau!

Tu sors de la cabine en tenant ton caleçon détrempé du bout des doigts. Ne sachant pas quoi faire avec ça, tu décides finalement de lui adresser tes adieux avant de le laisser tomber dans la poubelle. Une paire de bobettes de plus ou de moins, tes parents ne verront pas la différence.

Tu passes ensuite ton pantalon sous l'air chaud du sèche-mains.

Hou là! La zone endommagée est plus grande que tu le croyais. Et ton jean ne sèche pas aussi vite qu'il le faudrait!

C'est alors que Fabien entre dans les toilettes. Il se rue vers l'urinoir le plus près, puis soupire d'aise.

Tu l'envies, parce qu'il ne sera pas obligé de faire sécher son pantalon, lui.

D'ailleurs, il va sûrement poser des questions sur ton opération «séchage de pantalon». Voilà qui serait un tantinet embarrassant. Alors, que fais-tu?

A) Tu te caches dans une cabine pendant que Fabien termine sa besogne. Planque-toi au **35**.

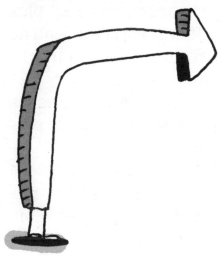

B) Tu décides de jouer celui qui n'a rien à cacher, dans l'espoir que Fabien ne remarque rien d'anormal. Ton ami s'intéressera-t-il à ce que tu fais ? Découvre-le au **36**.

32

Première chose à faire : retirer ton pantalon et ton caleçon humides, puis enfiler ton short d'éduc.

Deuxième chose : te débarrasser des preuves accablantes.

Comme tu es pressé, tu décides de mettre tes vêtements souillés en sécurité dans la poubelle.

Troisième chose : passer en revue les costumes de théâtre.

Par chance, la porte de l'auditorium n'est pas verrouillée, ce qui te permet d'avoir accès à la loge.

En fin de compte, la seule pièce qui pourrait faire l'affaire est un pantalon bouffant de clown. Mais le problème, c'est que les élèves savent que tu ne portais pas ce ridicule pantalon jaune et rouge ce matin.

Après un moment de réflexion, tu décides de revêtir le costume au complet, avec les souliers trop longs, le nez rouge et la perruque multicolore. Tu passeras ainsi pour un gars qui veut faire une bonne blague.

Au son de la cloche, tu sors de l'auditorium métamorphosé en bouffon.

Ce matin, quand tu étais dans ton lit (dans des draps propres et secs), tu étais loin de te douter que tu te déguiserais en clown aujourd'hui!

Les élèves se marrent en voyant ton nouveau *look*.

– Tu t'es trompé, Jérémie, ce n'est pas l'Halloween! entends-tu sur ton passage.

Anne, ton enseignante, demeure abasourdie en te regardant entrer dans la classe et t'asseoir à ta place habituelle, comme si de rien n'était.

– Eh bien, rebonjour, Jérémie! te lance-t-elle. Je constate que tu t'es transformé en clown pendant la récréation. Peut-on savoir pourquoi?

Diverses réponses te viennent en tête:

A) Parce que je voulais vous montrer mon clown intérieur.

B) Pour souligner la Journée internationale des clowns.

C) Parce que c'est important de mettre une touche de fantaisie dans le quotidien.

Comme aucune de ces explications ne te satisfait, tu restes silencieux.

– Moi, je sais! dit Fabien qui entre dans la classe en tenant ton pantalon du bout des doigts.

Ô misère!

La suite au **49**.

33

Te voilà en train de fouiller comme un voleur dans les casiers de tes amis. Dans celui de Xavier, tu trouves un pantalon de jogging. Exactement ce qu'il te faut!

Xavier est un gars *cool* et compréhensif. Tu es sûr que ça ne le dérangera pas.

La cloche sonne pendant que tu enfiles son pantalon dans une cabine des toilettes. Ensuite, tu te laves les mains en sifflotant, comme si tout était parfaitement normal.

Dans le corridor, Damien te tombe dessus:

– Hé! Pourquoi t'es parti? À cause de toi, on a perdu!

Tu te défends aussitôt:

– Ça ne peut pas être ma faute. Je n'étais même pas là!

– Justement! s'écrie ton coéquipier. C'est pour ça qu'on a perdu!

Pendant cette discussion de plus en plus absurde, ton ami Xavier se joint à vous tout en fixant ton pantalon avec une mine perplexe.

– C'est drôle, dit-il, mon pantalon aussi a un trou de cette grosseur-là sur le genou. Je peux te le montrer… Il est dans mon casier!

Hmm, que fais-tu?

A) Le laisses-tu chercher dans son casier pendant que tu files en douce? Si oui, prends la fuite jusqu'au **39**.

B) Si tu préfères lui dire la vérité, va au **40**.

34

Rassure-moi et dis-moi que c'est une blague.

Il est hors de question que toi ou un autre élève fassiez l'école buisson-nière... en tout cas, pas dans mon roman!

Cela étant dit, tâche de te montrer plus raisonnable. Tu trouveras une solution, j'en suis sûr. En attendant, retourne au **30**.

35

En marchant sur la pointe des pieds, tu te réfugies dans une cabine, ni vu ni connu.

– Jérémie, je sais que t'es là! déclare Fabien après avoir tiré la chasse d'eau.

Il s'est approché de la cabine. La preuve : tu aperçois ses souliers sous la porte.

– Pourquoi tu faisais sécher ton pantalon ? T'as fait pipi dedans ?

Ah zut!

Tu sors de ta cachette, en te donnant un air plus fâché que tu ne l'es en réalité.

– Mais pas du tout! J'ai échappé de l'eau... là où justement on pourrait croire que j'ai fait pipi dans mon pantalon.

– T'es pas chanceux! réplique-t-il sur un ton espiègle.

– T'as pas idée à quel point!

À ton grand soulagement, Fabien s'en va, sans rien ajouter. Et toi, tu continues au **51**.

36

Fabien t'observe du coin de l'œil en se nettoyant les mains. Et toi, tu passes ton jean sous l'air chaud du sèche-mains en essayant d'éviter son regard.

De plus en plus intrigué par ton manège, il te pose une question :

– Qu'est-ce que tu fais ?

– Ah ! m'en parle pas ! J'ai échappé un verre d'eau exactement là où il faut pas !

Fabien émet un petit rire avant d'ajouter :

– Ça m'est arrivé une fois pendant que je visitais un musée avec mes parents. Ma mère a frotté le tissu pour que ça sèche plus vite. Attends, je vais te montrer comment...

– T'es gentil, mais ma méthode fonctionne bien, que tu lui réponds sur un ton nerveux.

Mais le bon Samaritain en fait à sa tête et s'empare de ton jean pour le frictionner vigoureusement. Puis, il s'arrête pour humer l'étrange parfum qui s'en dégage.

D'un geste rapide, tu lui retires le pantalon des mains, puis tu le remercies pour son aide. Mais il ne part pas.

– Si tu veux mon avis, il sent le pipi, ton jean.

– Eh bien, je ne le veux pas, ton avis. Et on est dans des toilettes, c'est normal que ça sente ça ! que tu lui lances avec une pointe d'agressivité.

Sans passer de remarque, Fabien se lave les mains de nouveau avant de quitter la salle de bains. Et toi, tu continues au **51**.

37

Te voilà très malheureux à l'intérieur de ton pantalon!

Il finira bien par sécher si tu continues de marcher, te dis-tu pour t'encourager.

En croisant les autres élèves, tu pries intérieurement pour que ton pantalon passe inaperçu. Tu ne fais pas deux pas que tu entends la voix de Quentin:

– Qu'est-ce qui t'est arrivé, Jérémie? T'es tombé dans la cuvette? Ha! ha!

– À ce que je vois, tu as des problèmes de plomberie. Ça coule! renchérit William en riant encore plus fort.

J'espère que tu ne te sens pas trop fragile, car tes copains continuent de te lancer des vannes au **48**!

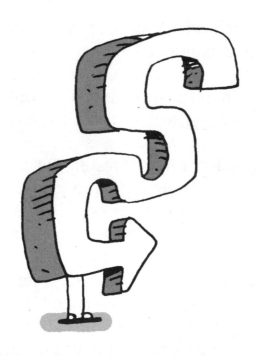

38

Voir un élève se balader en short dans les corridors de l'école n'est pas rare. Tu peux donc te fondre dans la masse sans éveiller les soupçons.

Par contre, les choses se compliquent lorsque tu entres dans la classe.

– On a un cours de mathématiques, pas d'éducation physique! s'exclame Damien.

Tu te tapes le front en faisant semblant de t'être trompé. Tu vas voir madame Anne, ton enseignante, pour lui expliquer ton erreur et lui demander la permission de rester en short pendant le cours.

Elle te scrute longuement, comme si elle essayait d'entrer dans ta tête pour savoir ce qui s'y passe vraiment. Finalement, elle accepte.

«Ça fonctionne!» te dis-tu en allant t'asseoir à ta place.

Non, ça ne fonctionnera pas... Car le cours a à peine commencé que Fabien a déjà la main levée.

– Tu as une question, Fabien? lui demande Anne.

– Pas une question, mais plutôt une réponse. Je sais pourquoi Jérémie ne porte pas son pantalon. C'est parce qu'il a pissé dedans!

Évidemment, la nouvelle crée un sacré brouhaha dans la classe. Les éclats de rire fusent de toutes parts. Et toi, tu te fais tout petit sur ta chaise. Tu aurais carrément envie de rentrer dans ton pupitre.

Heureusement que madame Anne est la meilleure prof du monde. Découvre pourquoi au **46**.

39

Pendant que Xavier se rend à son casier, tu détales.

Alors que tu te crois débarrassé de lui, il apparaît soudain au détour d'un corridor.

– Je peux vérifier quelque chose ? te demande-t-il avec un sourire glacial.

– Ça dépend quoi, réponds-tu avec une pointe de nervosité.

– L'étiquette à l'intérieur.

– Qu'est-ce qu'elle a, l'étiquette ?

– Mon nom sera écrit dessus si le pantalon que tu portes est à moi.

Bon. Il est temps de lui avouer la vérité, toute la vérité – enfin, *presque* toute la vérité. Les aveux, c'est au **40**.

40

– Xavier, je peux te faire une confidence?

– Laisse-moi deviner…, dit-il en faisant semblant de chercher. Tu portes mon pantalon.

– Voilà! te contentes-tu de lancer.

– Ça, je le sais déjà. La question, c'est: pourquoi?

Tant qu'à dire la vérité, aussi bien aller jusqu'au bout.

– J'en avais vraiment besoin. C'était une question de vie ou de mort.

– Et qu'est-ce qui s'est passé avec le pantalon que tu portais ce matin en arrivant à l'école?

– Si je te le dis, tu dois me promettre de garder le secret et de ne pas te moquer, d'accord?

Xavier acquiesce d'un signe de tête.

– J'ai... J'ai...

Hmm, pas facile à avouer, ça!

Tu piles un bon coup sur ton orgueil, puis tu te lances:

– J'ai fait... pipi dans mon pantalon, dis-tu en baissant la voix.

– QUOI?! T'as fait PIPI dans tes cu-lottes! s'exclame-t-il d'un air amusé.

– CHUUUT! Xavier, tu m'as promis!

– Pas du tout! J'avais les doigts croisés, explique-t-il avec un grand sourire fendant.

Il accroche ensuite Boris par le bras en lui disant:

– Tu connais pas la dernière? Jérémie s'est pissé dessus! Ha! ha! ha!

Tu baisses les yeux. Doigts croisés ou non, Xavier a trahi ta confiance.

– Ah! c'est pour ça que tu ne jouais pas au soccer… T'étais trop occupé à te rafraîchir l'entrejambe! Hi! hi!

Boris passe le mot à Rébecca, qui pouffe de rire.

Et te voilà la cible des moqueries de tes camarades. La tempête de railleries a lieu au **48**.

41

– Désolé, Camille, mais j'ai oublié de faire un truc super-méga-important!

– Quoi? demande-t-elle, intriguée.

– Euh... le ménage de mon casier. Je l'ai promis à... au concierge! Bizarre, hein?

Sur cette explication pour le moins farfelue, tu quittes ton amie pour te rendre au **8**.

42

Tu es un garçon bien élevé et quand une personne te parle, la politesse exige que tu l'écoutes, quelles que soient les circonstances.

– Tu veux une boîte de jus ? te propose gentiment Camille en sortant une autre boîte de sa poche. Ce matin, mon père en a mis une de trop dans mon sac à lunch.

– Non, merci, je n'ai pas soif...

Sur une échelle de 10, cette offre vient de faire grimper ton envie à 13 ! Un chiffre qui porte malchance, je te signale.

– Tu n'as pas l'air bien, Jérémie. Tu fais de la fièvre ? Ma mère dit qu'il faut boire beaucoup d'eau quand on fait de la fièvre.

Voilà, c'est le coup de grâce. Le décompte final est enclenché.

3...

– Moi, j'adore boire de l'eau froide avec des glaçons. Et toi ?

2...

– Mais de toutes les boissons...

1...

– ... celle que je préfère, c'est vraiment la limonade ! Ah ! c'est trop bon ! Je suis capable d'en boire trois verres de suite...

Et voilà, toute la pression dans ton corps se relâche. Les robinets sont grands ouverts et coulent à flots.

Avant que Camille ne remarque le cercle foncé dans ton entrejambe, tu lui dis que tu as oublié quelque chose de très important dans ton casier, puis tu déguerpis en quatrième vitesse.

À la porte de l'école, tu croises le surveillant qui aperçoit une tache douteuse sur ton pantalon et qui comprend tout de suite ce qui s'est passé. Il propose de t'aider au **50**.

43

Ce pantalon est beaucoup trop court! Tes camarades vont tout de suite s'apercevoir que ce n'est pas le tien. Ils rigoleront, poseront des questions et, tôt ou tard, la vérité finira par éclater.

Non, c'est décidé, tu ne retourneras pas en classe! Et rien ne pourra te faire changer d'avis.

La secrétaire, embêtée, pousse un grand soupir.

– Bon. Dans ce cas, je vais téléphoner à tes parents pour qu'ils viennent te chercher.

Elle te demande de choisir entre ton père ou ta mère.

Ta mère, sans la moindre hésitation. Dans ce type de situation, elle se montrera plus compréhensive.

La secrétaire appelle donc au bureau de comptabilité où travaille ta maman.

– Désolée de vous déranger, madame Trempe, mais votre fils a eu un petit problème qui l'empêche de retourner en classe. Il aimerait que vous ou votre mari veniez le chercher…

Après un long silence, la secrétaire te tend le combiné :

– Elle veut te parler.

Tu saisis le combiné avec prudence, comme s'il s'agissait d'un objet potentiellement dangereux.

– Qu'est-ce qui se passe, Jérémie? te demande ta mère d'une voix inquiète.

– Euh… riiiien.

Les mots *pipi* et *culottes* sont restés coincés dans ta gorge.

– Pourquoi veux-tu que je vienne te chercher alors? rétorque-t-elle.

– Ben… parce que je n'ai plus de pantalon.

– Comment ça, plus de pantalon? Tu l'as égaré? Un magicien l'a fait disparaître?

– Je l'ai sali.

– Ah. Et depuis quand ça te dérange de porter un pantalon sale ? réplique ta mère. Je ne te connaissais pas aussi maniaque de propreté.

– MAMAN ! Essaie de comprendre. C'est difficile à expliquer… Je l'ai sali d'une façon super gênante…

Tu baisses la voix pour que la secrétaire ne t'entende pas.

– Comme la fois au resto où j'ai cherché les toilettes pendant trop longtemps…

Enfin, ta mère comprend. Elle a même l'air soulagée.

– Jérémie, il est hors de question que tu rates tes cours. Je vais prendre ma pause maintenant pour t'apporter un pantalon propre. Tu as une préférence?

Elle est vraiment *cool*, ta mère. Elle te sauve la vie!

La cloche sonne lorsqu'elle fait irruption dans le bureau de la secrétaire. Elle a fait hypervite! En plus, elle ne t'adresse aucun reproche et elle repart avec les vêtements souillés.

Tu lui dis un beau merci, mais tu te promets de la remercier encore mieux lorsque tu la reverras à la maison.

Dans le corridor, tu croises Xavier, qui a quelque chose d'important à te dire.

– Hé! Jérémie! J'ai aperçu ta mère dans le stationnement il y a une minute. Qu'est-ce qu'elle faisait à l'école ? demande-t-il en laissant son regard s'attarder sur ton nouveau pantalon.

– Euh... rien. Elle voulait me parler, te contentes-tu de répondre.

– Hé ! Tu t'es changé ! remarque-t-il.

Pas besoin d'être Sherlock Holmes pour deviner pourquoi !

Xavier plaque sa main sur sa bouche en pouffant de rire.

– Dernière nouvelle ! crie-t-il à la cantonade. Le champion de soccer JÉRÉMIE TREMPE-CÔTÉ a fait PIPI dans son PANTALON ! Je répète...

Hmm, ton petit doigt te dit que tu n'as pas fini d'en entendre parler. Ton petit doigt a-t-il raison ? Découvre-le au **48**.

44

Tu retournes en classe avec ce pantalon abandonné que personne n'a réclamé. Tu n'es pas à l'aise avec ce vêtement, mais au moins il est sec.

En te voyant entrer dans la classe, Damien te demande pourquoi tu as quitté la partie de soccer aussi soudainement.

– J'avais une douleur…

– Où ça? t'interroge ton ami, par simple curiosité.

Tu réponds la première chose qui te vient à l'esprit.

– Aux cheveux.

– Aux cheveux?! Tous les cheveux ou un en particulier? plaisante ton copain.

– À la tête, je veux dire!

– Hé! Mais c'est mon pantalon, ça! s'exclame Vincent, le plus petit de la classe. Ça fait super longtemps que je le cherche.

Au tour de Camille de s'en mêler.

– À la récré, tu ne portais pas ce pantalon, relève-t-elle d'un air soup-çonneux. D'ailleurs, il ne te va pas du tout...

Comme tu n'as pas envie de raconter des mensonges, et encore moins de dire la vérité, tu gardes le silence.

Puis, le cours commence et ton nouveau *look* tombe peu à peu dans l'oubli.

Sur l'heure du midi, tu vas voir Vincent pour lui avouer que ça se peut que ce soit son pantalon.

– Je l'ai pris dans la boîte d'objets perdus. Mais je te le redonne demain, promis. Merci !

Vincent n'est pas un gars compliqué. Il ne pose pas de questions. Il est content que tu sois content, point.

Par contre, Camille se montre plus curieuse. Elle vient te voir à la fin du dîner.

– Tu sais que ça m'est déjà arrivé à moi aussi ? dit-elle sur le ton de la confidence.

– Quoi ça? fais-tu, sans comprendre.

– D'être obligée de changer de pantalon à l'école, répond ton amie avec un sourire qui en dit long. Tu veux que je te raconte? C'est une histoire vraiment drôle... mais sur le coup, ça ne l'était pas du tout!

Pareil pour toi. Il n'y a pas de quoi rire quand ça arrive. Mais maintenant, tes mésaventures commencent déjà à te faire sourire. C'est bon signe!

Tu t'en es sorti indemne. Ta réputation aussi! Trois personnes seulement sont au courant: monsieur Stanley, madame Pigeon et ton amie Camille.

C'est une performance honorable qui mérite des félicitations. Bravo !

À présent, je te mets au défi de recommencer et de réussir à te rendre aux toilettes à temps. Oui, oui, c'est possible ! Cependant, il existe une seule façon d'y arriver. À toi de la trouver !

Bonne chance !

45

Comme tu n'as pas la moindre idée de ce que peut être son mot magique, tu dis la première chose qui te vient à l'esprit.

– Éléphant.

(En un seul pipi, un éléphant peut remplir une baignoire à ras bord. Tu l'as vu à la télé.)

– Non, fait Tara en hochant la tête.

– Asperge!

(C'est rare que tu manges des asperges, mais quand tu en manges, ton pipi dégage ensuite une odeur différente.)

Nouveau hochement de tête.

– Moufette !

(Ton père s'est déjà fait arroser par une moufette. C'est à brailler de rire quand il en parle.)

Tara grimace un autre non.

– Explosion atomique !

(C'est ce qui va arriver si ta vessie éclate...)

Non, ce n'est pas ça.

– Je te donne un indice, dit Tara. C'est un compliment qui m'est adressé.

Tu as trouvé !

– Tara est la fiiille la plus gentiiille et la plus intelliiigente du monde entier.

– Voooilà ! Ce n'était pas bien difficile, dit-elle en te laissant enfin entrer dans la salle de bains.

Maintenant que la voie est libre, tu peux aller au **30**.

46

Madame Anne promène un regard bienveillant sur ses élèves, puis explique :

– Ce qui vient d'arriver à Jérémie nous rappelle à quel point il est important de prendre la vie avec un grain de sel, de prendre les choses en riant.

D'ailleurs, quand elle était enceinte et qu'elle était prise d'un fou rire, elle faisait pipi dans ses petites culottes à tous les coups, c'était immanquable.

L'enseignante vous confie une série d'anecdotes irrésistibles qui font crouler de rire la classe.

C'est alors qu'Ève lève la main bien haut pour raconter qu'une fois, par distraction, elle a fait pipi dans la litière du chat. Un tonnerre de rires retentit. Tout le monde se tape sur les cuisses. À un moment donné, Maëlle demande la permission d'aller aux toilettes. Elle a tellement ri que quelques gouttes se sont échappées.

Voilà qui donne l'idée à ton enseignante de vous faire rédiger une composition ayant pour thème : « La fois où j'ai fait pipi dans mon pantalon ».

En ce qui te concerne, tu n'auras pas à fournir un gros effort de mémoire !

Finalement, tu t'en es plutôt bien sorti.
Je te félicite!

Par contre, si tu avais pris d'autres
décisions, tu aurais pu garder tes vêtements au sec. Il existe un chemin,
un seul, pour y arriver.

À toi de découvrir lequel!

47

Ce mensonge-là sera dur à faire avaler, tu en es conscient.

Tu commences par te donner un air contrarié (ce qui n'est pas difficile dans les circonstances).

– Ah! ça confirme ce que je craignais. Y a une sorte de sorcier quelque part qui a fabriqué une poupée vaudou à mon image et qui s'est amusé à verser de l'eau sur mon entrejambe. Il me le paiera, celui-là!

Tu contemples le gâchis en hochant la tête, puis tu dis:

– Désolé, les gars. Je ne peux pas continuer de jouer avec vous. Je dois me changer.

Tu ajoutes, pour être encore plus crédible :

– Maudit sorcier ! Il me le paiera... Je vous jure qu'il me le paiera !

Et tu te dépêches de rentrer dans l'école avant qu'on tourne ton explication en dérision. Va au **17**.

48

C'est une avalanche de moqueries qui te tombent dessus. Chacun y va de son commentaire.

– Tu t'es perdu dans l'école? Tu ne savais plus où se trouvaient les toilettes?

– Tu avais un besoin urgent de te rafraîchir l'entrejambe! Ha! ha!

– À l'avenir, faudra venir à l'école avec une couche!

– Ne t'en fais pas, Jérémie. Moi aussi, ça m'est déjà arrivé... quand j'avais deux ans! Ha! ha!

– Yé-PIPI! Hourra!

La gêne extrême qui t'envahit t'empêche de répliquer. Tu baisses les
yeux, honteux. Tu te sens d'autant
plus humilié que tu ne peux retenir
une grosse larme de glisser sur ta
joue. On ne peut pas dire que c'est ta
journée!

Mais ton chagrin a un effet miraculeux
sur tes camarades. Ils se taisent.

Camille te donne un mouchoir,
puis elle regarde les autres d'un air
mécontent:

– Ça ne vous est jamais arrivé à vous
d'avoir un «petit accident»?

Personne n'ose répondre. Alors,
Camille continue:

– Eh bien, moi, ça m'est arrivé pas plus tard que la semaine dernière. Je rentrais de l'école. J'avais super envie et la porte de la maison était barrée. Le temps que je trouve ma clé... trop tard! J'en avais même sur les souliers!

Son témoignage donne lieu à une franche rigolade.

Puis, c'est au tour de Boris de se confesser:

– Une fois, en auto, j'avais tellement envie qu'il a fallu que je fasse pipi dans une bouteille en plastique. Pas facile! J'en ai mis partout sur les sièges!

Et Damien enchaîne avec une anecdote encore plus salée:

– Plus jeune, il m'arrivait d'être somnambule. Et une fois, j'ai confondu les toilettes avec le frigo.

Tout le monde rit aux éclats. Sauf toi, qui te demandes ce qui se passe tout à coup. Se peut-il que tu sois en train de rêver?

À tour de rôle, chacun raconte sa meilleure histoire de pipi, ce qui engendre un fou rire libérateur qui finit par te contaminer toi aussi. Eh bien, qui eût cru que les choses tourneraient ainsi!

Ton malheur s'est finalement transformé en une amusante anecdote. Et comme tu le sais sûrement, le rire est souvent la solution à bien des problèmes.

En fin de compte, tu as bien rigolé. Mais n'empêche, la prochaine fois, sois plus attentif aux signaux que t'envoie ta vessie !

Tu t'en es bien tiré, mais tu aurais pu éviter tous ces ennuis. Eh oui, il existe un moyen de garder ton pantalon au sec. As-tu envie de le trouver ? Si oui, retour à la case départ… et bonne chance !

49

– J'ai trouvé ce jean dans la poubelle, explique Fabien d'un air railleur. C'est celui de Jérémie. Son nom est marqué sur l'étiquette. Sur le coup, je me suis demandé ce qu'il faisait là. Mais l'odeur m'a donné la réponse que je cherchais. Ce pantalon sent le...

Par pitié, ne le dis pas !

– ... le pipi.

Trop tard, il l'a dit. Le mot est entré dans toutes les oreilles. Ta réputation est foutue. Tes camarades vont rire de toi, et ce n'est pas à cause de ton costume !

Des rires commencent à fuser ici et là dans la classe, mais madame Anne y met tout de suite un terme avec sa face de prof fâchée.

Elle récupère ensuite ton pantalon pour le faire sécher sur le bord de la fenêtre, puis elle se tourne vers ses élèves avec un petit sourire en coin.

De quelle façon madame Anne interviendra-t-elle? Découvre-le au **46**.

50

– Ce n'est pas grave, Jérémie, te console le surveillant. Ça arrive à tout le monde. Tu sais, j'ai vécu cette situation quand j'avais ton âge. Et tu veux que je te confie un secret? Mon père est incontinent, ça lui arrivait tout le temps... jusqu'à ce qu'on lui mette des couches!

Ses paroles ne t'apportent pas un grand réconfort.

– Est-ce que tu as des vêtements de rechange dans ton casier? te demande-t-il en t'escortant dans les corridors de l'école.

Eh bien non. Ce matin, ta maman ne t'a pas mis des vêtements de rechange dans ton sac d'école en disant: «Tiens, des vêtements propres, au cas où tu n'arriverais pas aux toilettes à temps!»

– J'ai seulement mes vêtements d'éduc, que tu réponds d'un air abattu.

Monsieur Stanley réfléchit.

– Tes parents sont-ils à la maison?

– Non. Ils sont tous les deux au travail.

Monsieur Stanley réfléchit encore. Il t'emmène au secrétariat, où il te laisse un moment en compagnie de madame Pigeon. En voyant ton air piteux et ton pantalon détrempé, elle comprend aussitôt de quoi il en retourne.

Elle est gentille, la secrétaire. Elle t'adresse un sourire de compassion et te parle de sa fille qui fait pipi au lit presque chaque nuit.

– Quel âge a votre fille ? t'informes-tu.

– Elle va avoir trois ans dans un mois.

Malaise.

Monsieur Stanley revient en brandissant un pantalon marron.

– J'ai trouvé ça dans les objets perdus ! annonce-t-il d'un air satisfait. Personne ne l'a réclamé depuis des semaines.

Et comme caleçon, il te propose d'utiliser ton short d'éduc. L'affaire est dans le sac !

Mais en sortant de la salle de bains réservée au personnel, tu constates que ton nouveau pantalon, qui est trop court et trop serré, te donne une allure ridicule.

A) Tu refuses d'aller en classe accoutré de cette façon. Pour rester au secrétariat, va au **43**.

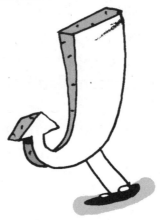

B) Vaut mieux un pantalon trop court qu'un pantalon humide ou pas de pantalon du tout. Pour retourner sagement en classe, rends-toi au **44**.

51

Tu poursuis ton opération de séchage. Pas longtemps, car quelques secondes plus tard, la cloche sonne.

Zut de zut! Très bientöt, d'autres élèves viendront dans la salle de bains. Que fais-tu?

A) Même si ton pantalon est loin d'être sec, tu l'enfiles, puis tu rejoins tes camarades. Si tu optes pour cette avenue fort peu hygiénique, va au **37**.

B) Tu plies soigneusement ton pantalon et tu décides de passer le restant de la journée en culottes courtes. La suite au **38**.

52

Dans la vie, il y a des moments pour jouer à la devinette et d'autres pour aller aux toilettes. Et maintenant, l'heure n'est pas aux devinettes!

Sans plus attendre, tu essaies de passer sous le bras de Tara. Mais elle est plus rapide que toi et se déplace sur le côté pour te bloquer le chemin.

Bien sûr, tu pourrais la plaquer à la façon d'un joueur de football, mais ce type de comportement n'est pas digne d'un gentleman. Tu as une meilleure idée...

Tu fonces dans la toilette des filles, puis tu t'enfermes dans une cabine, où tu t'empresses de déboutonner ton pantalon.

– Jérémie Trempe-Côté! s'offusque ton amie. Tu n'as pas le droit d'être ici! Je vais le dire à la directrice!

Tu ne prends pas le temps d'écouter ses menaces. Tu es concentré à essayer de détacher ce bouton trop serré qui t'a toujours donné des difficultés. Et tu dois faire vite, car le décompte final est commencé. Dans trois secondes, ça va déborder! Avec un grand risque d'inondation!

3...

Tu n'y arriveras pas! Tu es trop énervé et tu as les mains pleines de pouces.

2...

Si tu ne peux pas le détacher, ce bouton, tu peux peut-être l'arracher. Tu descends la fermeture éclair et, une main de chaque côté de l'ouverture, tu donnes un grand coup pour faire sauter le bouton. Rien à faire, le bouton reste en place.

1...

Tu y penses! Si la braguette est ouverte, la voie est libre...

Ahhhhhhhh!

Pendant que ta vessie se vide tranquillement, tu te laisses voguer sur ta sensation de bien-être. Si Tara n'était pas dans la même pièce que toi, tu te mettrais à chanter tellement tu nages dans le bonheur.

Tara continue de te bombarder de reproches et de menaces:

– Ici, on fait pipi assis! Pas debout! Tu n'es pas devant un urinoir! S'il y a une seule goutte sur le siège, je crie au scandale, je te traîne en justice, je te fais un procès, tu m'entends? Tu es en train de commettre un crime, tu mérites d'aller en prison!

Elle peut bien faire venir la police, l'armée, le premier ministre si ça lui chante, tu t'en fiches. Il n'y a pas un homme plus heureux que toi sur terre en ce moment.

En sortant de la cabine, tu es détendu comme jamais.

– Je me lave les mains ici ou tu pré-fères que j'aille dans les toilettes à côté ? lui demandes-tu avec un grand sourire victorieux.

Pour toute réponse, elle grogne.

– Dis-moi, Tara, est-ce que j'ai besoin d'un mot de passe pour sortir de la salle de bains ? Ha ! ha ! ha !

Elle grogne de nouveau, mais tu remarques un sourire sur le point d'éclore sur sa figure.

Bon, avec tout ça, tu as la gorge sèche. Toutes ces émotions t'ont donné soif!

Mon cher Jérémie, je dois te féliciter. Grâce aux bonnes décisions que tu as prises tout au long de la récréation, tu as réussi à empêcher une terrible catastrophe de se produire!

Si à un moment ou à un autre de ta mésaventure tu avais suivi un chemin différent, eh bien, ton pantalon ne serait pas resté aussi sec! Alors, un gros bravo pour ta perspicacité!

Si tu es curieux de savoir comment tu te serais débrouillé avec un pantalon mouillé, je t'invite à reprendre ta lecture du début. Bon courage!

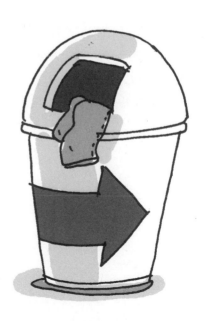

LES HÉROS de MA CLASSE

HISTOIRE DONT TU ES LE HÉROS

Auteur : Jocelyn Boisvert
Illustrateur : Philippe Germain

1. La folle envie de Jérémie
2. La terrifiante araignée de Tara

Jocelyn Boisvert a aussi écrit aux éditions FouLire :

- Mon ami Sam est gentil mais… tellement casse-pieds !
- Ma voisine est gentille mais… pas avec moi !
- Esprits de famille